I0561464

POÉSIES RELIGIEUSES

HYMNES ET PROSES

DES

DIMANCHES ET FÊTES DE L'ANNÉE

TRADUCTION EN VERS FRANÇAIS

Par L. ELOY

MEMBRE DE L'INSTITUT HISTORIQUE DE FRANCE

PARIS

LIBRAIRIE CATHOLIQUE DE PERISSE FRÈRES

RÉGIS RUFFET ET Cᵉ, ÉDITEURS

RUE SAINT-SULPICE, 38

1861

HYMNES ET PROSES

DES

DIMANCHES ET FÊTES DE L'ANNÉE

INPRIMERIE DE W. REMQUET, GOUPY ET Cᵉ, RUE GARANCIÈRE, 5.

POÉSIES RELIGIEUSES

HYMNES ET PROSES

DES

DIMANCHES ET FÊTES DE L'ANNÉE

TRADUCTION EN VERS FRANÇAIS

Par L. ELOY

MEMBRE DE L'INSTITUT HISTORIQUE DE FRANCE

PARIS

LIBRAIRIE CATHOLIQUE DE PERISSE FRÈRES

RÉGIS RUFFET ET Cie, ÉDITEURS

RUE SAINT-SULPICE, 38

1861

INTRODUCTION

La beauté sublime du sujet, et les magnificences de
la forme, m'avaient inspiré, il y a déjà quelques an-
nées, la pensée de traduire en vers français les hymnes
et les proses des dimanches et fêtes de l'année ; mer-
veilleuse épopée qui retrace à grands traits toute la
vie, sur cette terre, de notre divin Sauveur.

J'ai longtemps hésité à entreprendre sérieusement
ce travail, craignant d'affaiblir, de dénaturer même la
pensée que l'auteur chrétien a renfermée dans chaque

vers et jusque dans chaque mot de ces strophes em-
preintes d'une si énergique poésie.

Mais aujourd'hui, à l'aspect des douloureuses épreu-
ves qui viennent accabler notre Très-Saint-Père,
enthousiasmé par la grandeur solennelle et la sainte
abnégation avec lesquelles il accepte ce calice d'amer-
tume, je me suis senti entraîné par le désir d'appor-
ter ma pierre à l'édifice d'amour que tous les cœurs
catholiques élèvent au chef commun des fidèles.

Je ne pouvais descendre dans l'arène, où ma faible
voix n'eût été que l'écho d'intelligences beaucoup plus
puissantes, qui, dans l'épiscopat, au sein de nos as-
semblées politiques, et parmi nos illustrations litté-
raires, ont si vaillamment, avec tant de logique et
d'éloquence, défendu cette cause sacrée ; cette cause
de la civilisation, de la morale, de la religion, de la
société enfin qu'il ne s'agissait de rien de moins que
de décapiter en renversant le trône de Saint-Pierre :
alors je me suis mis au travail avec ardeur et j'ai
terminé mon œuvre.

C'était une tâche difficile, je le répète, que d'es-
sayer de faire passer dans notre langue une partie
des beautés du texte latin, qui rend en quelques mots
une image énergique que la traduction est forcée d'af-

faiblir par une périphrase. Aussi je n'ai pas eu pour but principal de faire une œuvre littéraire et poétique, mais bien une sérieuse traduction au point de vue orthodoxe, un livre qui puisse servir utilement de distraction aux âmes religieuses. La poésie, les vers n'ont été pour moi qu'une forme.

Ai-je réussi? ai-je pu vaincre des obstacles dont je comprends toute la grandeur? Mes lecteurs en décideront. C'est à leur indulgence que je fais appel, en leur signalant les difficultés de l'œuvre, difficultés d'autant plus graves qu'il fallait surtout ne pas s'écarter de la glose consacrée par l'Église, si justement scrupuleuse en pareille matière.

L. ELOY.

RIT ROMAIN

IN DOMINICIS ADVENTUS

HYMNUS

Creator alme siderum,
Æterna lux credentium,
Jesu, Redemptor omnium,
Intende votis supplicum.

Qui dæmonis ne fraudibus
Periret orbis, impetu
Amoris actus, languidi
Mundi medela factus es ,

LES DIMANCHES DE L'AVENT

HYMNE

Des astres et de la lumière
Dieu tout-puissant, Dieu créateur,
O Jésus, divin Rédempteur,
Daigne écouter notre prière.

L'homme, au démon, esprit immonde,
Comme une proie était jeté,
Toi seul pouvais, dans ta bonté,
Par ton sang racheter le monde.

Commune qui mundi nefas
Ut expiares, ad crucem
E Virginis sacrario
Intacta prodis victima.

Cujus potestas gloriæ
Nomenque cum primum sonat,
Et cœlites et inferi
Tremente curvantur genu.

Te deprecamur ultimæ
Magnum diei judicem :
Armis supernæ gratiæ
Defende nos ab hostibus.

Virtus, honor, laus, gloria,
Deo Patri cum Filio,
Sancto simul Paracleto,
In sæculorum sæcula.

Amen.

Né d'une Vierge Immaculée,
Pour nous sauver, le Roi des rois
Descend des cieux, et sur la croix
La victime tombe immolée.

Au nom de ce martyr sublime,
Les cieux se sont illuminés;
Les esprits du mal, consternés,
Se sont replongés dans l'abîme.

Du dernier jour Juge suprême,
De nos ennemis défends-nous,
Viens, pour nous soustraire à leurs coups,
Nous armer de ta grâce même.

Hosannah !!! Gloire sur la terre !
Gloire à Jésus le Rédempteur !
Gloire à l'Esprit Consolateur !
Gloire et louange à Dieu le Père !!!

Ainsi soit-il.

IN NATIVITATE
DOMINI NOSTRI JESU-CHRISTI

HYMNUS

Jesu, Redemptor omnium,
Quem lucis ante originem,
Parem paternæ gloriæ,
Pater supremus edidit;

Tu lumen et splendor Patris,
Tu spes perennis omnium,
Intende quas fundunt preces
Tui per orbem servuli.

LA NATIVITÉ

DE NOTRE-SEIGNEUR JÉSUS-CHRIST

HYMNE

Fils bien-aimé d'un Dieu, toi dont la noble essence
Est celle de ton Père, ô Jésus rédempteur,
Dieu de gloire et de paix, notre unique espérance,
Daigne prêter l'oreille aux vœux de notre cœur.

Memento, rerum conditor,
Nostri quod olim corporis,
Sacrata ab alvo Virginis
Nascendo, formam sumpseris,

Testatur hoc præsens dies,
Currens per anni circulum,
Quod solus e sinu Patris
Mundi salus adveneris.

Hunc astra, tellus, æquora,
Hunc omne quod cœlo subest,
Salutis Auctorem novæ
Novo salutat cantico.

Et nos, beata quos sacri
Rigavit unda sanguinis,
Natalis ob diem tui,
Hymni tributum solvimus.

Jesu, tibi sit gloria,
Qui natus es de Virgine,
Cum Patre et Almo Spiritu,
In sempiterna sæcula. Amen.

Toi qui vins ici-bas sous une forme humaine,
Rends-nous participants de ta divinité,
Protége-nous en frère, accours briser la chaîne
De nos nombreux péchés, de notre iniquité.

Quand tu viens, vrai soleil, nous donner la lumière,
Pourras-tu refuser d'accéder à nos vœux ?
Que l'univers entier, en bénissant ton Père,
Élève jusqu'à lui ses cantiques joyeux !

Nous à qui ta naissance apporte la promesse
D'un bonheur éternel, nos chants, ô Jésus-Christ,
Célèbreront ce jour ; nos hymnes d'allégresse
S'adresseront au Fils, au Père, au Saint-Esprit.

Ainsi soit-il

1.

IN EPIPHANIA DOMINI

HYMNUS*

Crudelis Herodes, Deum
Regem venire quid times ?
Non eripit mortalia,
Qui regna dat cœlestia.

Ibant Magi, quam viderant,
Stellam sequentes præviam :
Lumen requirunt lumine ;
Deum fatentur munere.

* Cette hymne se chante jusqu'à la Septuagésime exclusivement.

LE JOUR DE L'ÉPIPHANIE

HYMNE

Hérode, Roi cruel, quelle crainte insensée
Vient jusque sur ton trône assiéger ta pensée ?
    De ton cœur bannis tout effroi.
Celui qui vient offrir une part des cieux mêmes,
Dédaigne d'ici-bas les tristes diadèmes :
    Que peux-tu craindre du Dieu Roi?

Les Mages, confiants dans un céleste indice,
Suivent avec ferveur l'étoile conductrice
    Qui les guide vers le saint lieu,
Comme un rayon conduit au foyer de lumière;
Et leurs présents bien haut annoncent à la terre
    Qu'ils viennent adorer un Dieu.

Lavacra puri gurgitis
Cœlestis Agnus attigit :
Peccata quæ non detulit,
Nos abluendo sustulit.

Novum genus potentiæ,
Aquæ rubescunt hydriæ,
Vinumque jussa fundere,
Mutavit unda originem.

Jesu, tibi sit gloria,
Qui apparuisti gentibus,
Cum Patre et Almo Spiritu,
In sempiterna sæcula.

Amen.

Dans les flots du Jourdain, en se plongeant lui-même,
Le céleste Sauveur a créé le baptême';
 Et par ce premier sacrement
Il efface à nos fronts la tache originelle
Dont nous avait souillés la faute paternelle,
 Faute dont il est innocent.

Son pouvoir va briller par un nouveau prodige !
Aux noces de Cana, qu'une disette afflige,
 Assiste un convive divin.
Le vin manque, et c'est l'eau qui circule à la ronde.
 impose les mains sur l'amphore inféconde,
 L'eau docile se change en vin.

O Jésus, gloire à toi, qui veux, dans ta clémence,
Manifester pour nous une tendresse immense
 En revêtant l'humanité.
Que béni soit ton nom, le nom de Dieu le Père,
Celui de l'Esprit-Saint, au ciel et sur la terre
 Pendant toute l'éternité.

 Ainsi soit-il.

IN VESPERIS DOMINICÆ

HYMNUS *

Lucis Creator optime,
Lucem dierum proferens,
Primordiis lucis novæ
Mundi parans originem.

Qui mane junctum vesperi
Diem vocari præcipis,
Illabitur tetrum chaos,
Audi preces cum fletibus :

* Se chante le Dimanche à Vêpres, lorsqu'il n'y a pas d'hymne spéciale.

LE DIMANCHE A VÊPRES

HYMNE

O Dieu, bienfaiteur de la terre,
Nous te devons l'astre éclatant
Qui vient sur nous prodiguer la lumière.
De ta puissance il fut l'œuvre première,
Quand tu tiras tout du néant.

Dieu, qui fais aux nuits ténébreuses
Du jour succéder la clarté,
Prends en pitié nos larmes douloureuses,
Daigne affermir nos âmes anxieuses
Lorsque revient l'obscurité.

Ne mens gravata crimine,
Vitæ sit exsul munere,
Dum nil perenne cogitat,
Seseque culpis illigat.

Cœleste pulset ostium :
Vitale tollat præmium ;
Vitemus omne noxium :
Purgemus omne pessimum.

Præsta, Pater piissime,
Patrique compar Unice,
Cum Spiritu Paracleto,
Regnans per omne sæculum.

Amen.

De nos péchés tristes victimes,
   Près d'oublier l'éternité,
Le ciel ouvert par tes bienfaits sublimes,.....
Ah! retiens-nous sur le bord des abîmes
   Creusés par notre iniquité.

Seigneur, de nos voix oppressées
   Entends le suppliant appel ;
Que, de nos cœurs épurant les pensées,
Le repentir de nos fautes passées
   Nous ouvre les portes du ciel.

Accueille cette humble prière,
   O bienheureuse Trinité,
Jésus Sauveur, pur Esprit de lumière,
Qui tous les deux, auprès de Dieu le Père
   Régnez de toute éternité.

   Ainsi soit-il.

IN DOMINICIS QUADRAGESIMÆ

HYMNUS

Audi, benigne Conditor,
Nostras preces cum fletibus,
In hoc sacro jejunio
Fusas quadragenario.

Scrutator alme cordium,
Infirma tu scis virium :
Ad te reversis exhibe
Remissionis gratiam.

LES DIMANCHES DE CARÊME

HYMNE

Dieu de bonté, tu vois couler nos pleurs,
   Car de douleur notre âme est pleine;
Nous espérons pour calmer tes rigueurs
   En cette sainte Quarantaine.

O toi qui lis au plus profond des cœurs,
   Dieu qui connais notre faiblesse,
Nous détestons nos coupables erreurs,
   De grâce, rends-nous ta tendresse.

Multum quidem peccavimus;
Sed parce confitentibus :
Ad nominis laudem tui
Confer medelam languidis.

Concede nostrum conteri
Corpus per abstinentiam ;
Culpæ ut relinquant pabulum
Jejuna corda criminum.

Præsta, beata Trinitas;
Concede, simplex Unitas ;
Ut fructuosa sint tuis
Jejuniorum munera.

Amen.

Tu vois, Seigneur, nos regrets sont bien grands ;
  Si nous sommes de grands coupables,
Ah ! mets ta gloire à calmer les tourments
  De nos âmes inconsolables.

Quand notre corps accepte avec bonheur
  Une abstinence expiatoire,
Fais que notre âme en évitant l'erreur,
  Fasse un jeûne plus méritoire.

Trinité sainte, abîme de splendeurs,
  D'Unité mystère admirable,
Dans ta bonté, rends à tes serviteurs
  Ce jeûne à jamais profitable.

    Ainsi soit-il.

PASSIONIS ET PALMARUM

HYMNUS

Vexilla Regis prodeunt,
Fulget Crucis mysterium,
Quo vita mortem pertulit,
Et morte vitam protulit.

Quæ vulnerata lanceæ
Mucrone diro, criminum
Ut nos lavaret sordibus,
Manavit unda et sanguine.

Impleta sunt quæ concinit
David fideli carmine,
Dicendo : nationibus
Regnavit a ligno Deus.

LES DIMANCHES

DE LA PASSION ET DES RAMEAUX

HYMNE

Voici l'étendard redoutable
Du Souverain, du Roi des rois ;
Par un mystère inconcevable,
Il est mort pour nous sur la croix.

La lance après son trépas même
Déchire son corps de nouveau ;
Et pour nous laver au baptême,
En fait couler le sang et l'eau.

On voit s'accomplir les oracles
Que David chantait autrefois :
Que Dieu, seul auteur des miracles,
Régnerait un jour par le bois.

Arbor decora et fulgida;
Ornata Regis purpura,
Electa digno stipite,
Tam sancta membra tangere.

Beata, cujus brachiis
Pretium pependit sæculi,
Statera facta corporis,
Tulitque prædam tartari.

O Crux, ave, spes unica!
Hoc Passionis tempore,
Piis adauge gratiam,
Reisque dele crimina.

Te, fons salutis, Trinitas,
Collaudet omnis spiritus:
Quibus Crucis victoriam
Largiris, adde præmium.

Amen,

Arbre où luit la pourpre sanglante,
La pourpre du souverain Roi,
Que sa chair encor palpitante
Rend saint aux yeux de notre foi :

Arbre sacré, balance juste,
Qui du monde as pesé le prix ;
L'enfer cède à ton poids auguste
Et rend le butin qu'il a pris.

O Croix, notre unique espérance,
Nous t'adorons en ce saint temps ;
Des justes grandis l'innocence,
Et pardonne aux vrais repentans.

Que tout esprit droit vous révère,
Trinité, soleil radieux,
Vous nous sauvez par ce mystère,
Hosannah pour le Roi des cieux !!!

Ainsi soit-il.

2

IN TEMPORE PASSIONIS

SEQUENTIA

Stabat Mater dolorosa,
Juxta crucem lacrymosa,
Dum pendebat Filius.
Cujus animam gementem,
Contristatam et dolentem,
Pertransivit gladius.

LA COMPASSION DE LA VIERGE

PROSE

Debout près de la croix où le Sauveur expire,
Succombant à ses maux, les yeux noyés de pleurs,
Gémit la sainte Mère, et son cœur se déchire
    Percé du glaive des douleurs.

O quam tristis et afflicta
Fuit illa benedicta
Mater Unigeniti!
Quæ mœrebat et dolebat,
Pia Mater, dum videbat
Nati pœnas inclyti.

Quis est homo qui non fleret,
Matrem Christi si videret
In tanto supplicio?
Quis posset non contristari,
Christi Matrem contemplari
Dolentem cum Filio?

Pro peccatis suæ gentis
Vidit Jesum in tormentis,
Et flagellis subditum.
Vidit suum dulcem Natum
Moriendo desolatum,
Dum emisit spiritum.

O quelle cruelle agonie,
Subit cette Mère bénie
Du Fils unique du Seigneur,
En ces lieux où, l'âme navrée,
Elle assiste tout éplorée
A ce spectacle plein d'horreur!

Qui pourrait retenir ses larmes,
Devant les poignantes alarmes
Qu'éprouve au pied du crucifix,
Cette mère dont la tendresse
Partage l'horrible détresse
Et les maux de son divin Fils?

Elle le voit, ce Fils, sur la croix d'infamie,
Subir pour nos péchés les plus cruels tourments;
Sanglant, percé de coups, sans qu'une voix amie
Soutienne ses derniers moments.

2.

Eia, Mater, fons amoris
Me sentire vim doloris
Fac, ut tecum lugeam.
Fac ut ardeat cor meum
In amando Christum Deum,
Ut illi complaceam.

Sancta Mater istud agas,
Crucifixi fige plagas
Cordi meo valide.
Tui Nati vulnerati,
Tam dignati pro me pati,
Pœnas mecum divide.

Fac me tecum pie flere,
Crucifixo condolere,
Donec ego vixero.
Juxta Crucem tecum stare,
Et me tibi sociare
In planctu desidero.

Vous dont la tendresse est immense
Comme le fut votre souffrance,
Donnez-nous part à vos douleurs :
Pour Jésus, d'un amour sincère,
Du fervent désir de lui plaire,
Embrasez à jamais nos cœurs.

Pour en effacer les souillures,
Veuillez y graver les blessures,
De votre Fils mort sur la croix.
Nous ressentirons la souffrance
Qu'il a daigné dans sa clémence
Subir pour nous, lui, Roi des rois.

Nous voulons, partageant, ô divine Marie,
Les tortures du Christ et vos justes douleurs,
Au pied de cette croix, chaque jour de la vie
A vos larmes mêler nos pleurs.

Virgo virginum præclara,
Mihi jam non sis amara;
Fac me tecum plangere.
Fac ut portem Christi mortem,
Passionis fac consortem,
Et plagas recolere

Fac me plagis vulnerari,
Fac me Cruce inebriari
Et cruore Filii.
Flammis ne urar succensus,
Per te, Virgo, sim defensus
In die judicii.

Christe, cum sit hinc exire,
Da per Matrem me venire.
Ad palmam victoriæ.
Quando corpus morietur,
Fac ut animæ donetur
Paradisi gloria.

Amen.

O Vierge pure, ô sainte Mère,
Ne repoussez pas la prière
De pécheurs pleurant avec vous ;
Gravez dans notre âme attendrie
La sombre et sanglante agonie
De votre Fils mourant pour nous.

Faites que, sentant ses blessures,
De sa croix souffrant les tortures,
Nous soyons ivres de son sang,
Et que votre main protectrice
Des feux de l'éternel supplice
Nous sauve au jour du jugement.

Seigneur, accordez-nous, au nom de votre Mère
D'obtenir en mourant la palme des élus,
Et le jour où nos corps redeviendront poussière,
Recevez notre âme,.... ô Jésus!!!

Ainsi soit-il.

IN DOMINICA RESURRECTIONIS DOMINI

ET IN FERIIS PASCHÆ

SEQUENTIA

Victimæ Paschali laudes
Immolent Christiani.

Agnus redemit oves;
Christus innocens Patri
Reconciliavit peccatores.

Mors et vita duello
Conflixere mirando :
Dux vitæ mortuus regnat vivus.

LE DIMANCHE ET L'OCTAVE DE PAQUES

PROSE

Chrétiens, quand sur la croix expire la victime,
Que vos chants vers le ciel s'élèvent à la fois ;
Quand le fils d'un Dieu meûrt, Holocauste du crime,
L'univers à genoux doit n'avoir qu'une voix.

Le Christ a consommé son divin sacrifice,
Agneau sans tache et pur, sa mort vint effacer
Les souillures du crime et fléchir la justice
De Dieu, dont la colère allait nous écraser.

Dans ce duel suprême, où la mort et la vie
Pour le salut de tous combattaient à la fois,
Jésus notre Sauveur, ô puissance infinie !!!
En périssant pour nous, triompha sur la croix.

Dic nobis, Maria,
Quid vidisti in via?
Sepulchrum Christi viventis,
Et gloriam vidi resurgentis ;

Angelicos testes,
Sudarium et vestes.

Surrexit Christus spes mea ;
Præcedet vos in Galilæam.

Scimus Christum surrexisse
A mortuis vere :
Tu nobis, victor Rex, miserere.

Amen. Alleluia.

Dans cette route horrible, ô pieuse Marie,
Vos yeux voilés de pleurs, qu'ont-ils donc aperçu ?
Un tombeau d'où le Christ est sorti plein de vie,
Écrasant le démon, dont l'espoir est déçu.

Les anges étaient là ; de leur blonde paupière
Une larme brûlante avait mouillé le bord ;
Ils ont vu le tombeau, le linceul, le suaire ;
Ils ont chanté sur lui les hymnes de la mort.

Mais bientôt à nos yeux se révéla sa gloire ;
La mort en frémissant obéit à ses lois :
Ses fidèles enfants, en chantant sa victoire,
En Galilée encore entendirent sa voix.

Il est ressuscité !!! Peuples, courbez la tête !!!
Devant notre Sauveur fléchissons les genoux !
Que nos vœux, notre encens, Seigneur, en cette fête,
S'élevant jusqu'aux cieux, intercèdent pour nous.

    Ainsi soit-il. Alleluia.

3

IN DOMINICIS POST PASCHAM

HYMNUS

Ad regias Agni dapes,
Stolis amicti candidis,
Post transitum maris Rubri,
Christo canamus principi.

Divina cujus charitas
Sacrum propinat sanguinem,
Almique membra corporis
Amor sacerdos immolat.

LES DIMANCHES APRÈS PAQUES

HYMNE

La mer Rouge est franchie,
Prenons place au banquet royal,
Au banquet où l'Agneau pascal
En robe blanche nous convie.

Tout il nous sacrifie :
Par charité des flots de sang,
Par amour son corps palpitant
Et sa chair qui nous vivifie.

Sparsum cruorem postibus
Vastator horret Angelus;
Fugitque divisum mare;
Merguntur hostes fluctibus.

Jam Pascha nostrum Christus est;
Paschalis idem Victima,
Et pura puris mentibus
Sinceritatis azyma.

O vera cœli Victima,
Subjecta cui sunt tartara,
Soluta mortis vincula,
Recepta vitæ præmia!

Victor subactis inferis
Trophæa Christus explicat;
Cœloque aperto, subditum
Regem tenebrarum trahit.

Aux portes le sang coule,
L'Ange de la mort a frémi :
La mer s'entr'ouvre, et l'ennemi
Périt sous le flot qui l'enroule.

Christ, Pascale victime,
Jésus vient, à la pureté,
Offrir de la sincérité
Le véritable et pur azyme.

O victime céleste,
Ta voix subjugue les enfers ;
De la mort tu brises les fers,
Pour que la vie enfin nous reste.

Sous tes coups il expire,
Ce Roi des ténèbres odieux !
Et tu fais briller à nos yeux
L'étendard du céleste Empire.

Ut sit perenne mentibus,
Paschale, Jesu, gaudium,
A morte dira criminum
Vitæ renatos libera.

Deo Patri sit gloria,
Et Filio, qui a mortuis
Surrexit, ac Paracleto,
In sempiterna sæcula.

Amen.

Reste à jamais la joie
De nous tous, pécheurs repentants,
Et soutiens nos pas chancelants
Dans cette salutaire voie.

Gloire à Dieu, Dieu le Père !
Gloire à son Fils ressuscité !
Gloire à l'Esprit de vérité !
Dans l'éternité tout entière.

Ainsi soit-il.

IN ASCENSIONE DOMINI

HYMNUS

Salutis humanæ Sator,
Jesu, voluptas cordium,
Orbis redempti Conditor
Et casta lux amantium.

Qua victus es clementia,
Ut nostra ferres crimina,
Mortem subires innocens,
A morte nos ut tolleres?

LE JOUR DE L'ASCENSION

HYMNE

Jésus, notre Sauveur, victime douce et pure,
Roi puissant dont la voix commande à l'univers,
Qui, de l'homme ici-bas empruntant la nature,
Vins arracher le monde aux horreurs des enfers ;

O Jésus, ta bonté passe notre espérance,
Quand, te chargeant tout seul du crime des humains,
Ton sang d'un Dieu vengeur réveilla la clémence,
Et ta mort fit tomber la foudre de ses mains.

3.

Perrumpis infernum Chaos;
Vinctis catenas detrahis;
Victor triumpho nobili
Ad dexteram Patris sedes.

Te cogat indulgentia
Ut damna nostra sarcias,
Tuique vultus compotes
Dites beato lumine.

Tu dux ad astra, et semita,
Sis meta nostris cordibus,
Sis lacrymarum gaudium,
Sis dulce vitæ præmium.

Amen.

Ta vue a sur l'enfer remporté la victoire;
Délivré ses captifs, que tu rendis au jour;
Et puis tu t'élevas, tout rayonnant de gloire,
Et vins prendre ta place au céleste séjour.

Que ta miséricorde à jamais infinie,
O mon Dieu, sur nous tous, répande le pardon,
Et qu'après notre mort, dans l'éternelle vie
De ta gloire à nos yeux éclate le rayon.

O toi dont l'univers proclame la puissance,
Toi, qui seul ici-bas fais tout notre bonheur,
Que dans l'éternité, pour notre récompense,
Nous puissions contempler ta divine grandeur !

Ainsi soit-il.

IN DOMINICA ET IN FERIIS PENTECOSTES

SEQUENTIA

Veni, Sancte Spiritus,
Et emitte cœlitus
Lucis tuæ radium.

Veni, Pater pauperum;
Veni, dator munerum;
Veni, lumen cordium.

LE DIMANCHE ET L'OCTAVE DE LA PENTECOTE

—

PROSE

—

Daigne, Esprit-Saint, du haut des cieux
Envoyer aux mortels pieux
Un doux rayon de ta lumière.

Viens, Père de la pauvreté,
Viens, ô modèle de bonté,
Viens recevoir notre prière.

Consolator optime,
Dulcis hospes animæ,
Dulce refrigerium.

In labore requies,
In æstu temperies,
In fletu solatium,

O lux beatissima,
Reple cordis intima
Tuorum fidelium.

Sine tuo numine
Nihil est in homine,
Nihil est innoxium.

Lava quod est sordidum,
Riga quod est aridum,
Sana quod est saucium.

O Consolateur excellent,
De nos cœurs hôte bienfaisant,
Rafraîchissement de notre âme ;

Notre repos dans nos labeurs,
Notre soutien dans nos douleurs,
Notre espoir aux rayons de flamme.

Remplis de ton amour ardent
Le cœur du fidèle fervent,
Lumière de l'innocence !

Quelle que soit notre ferveur,
La pureté de notre cœur
Se ternit sans ton assistance.

En nous redresse nos défauts ;
Viens, Esprit-Saint, guérir nos maux,
Arroser notre sécheresse.

Flecte quod est rigidum,
Fove quod est frigidum,
Rege quod est devium.

Da tuis fidelibus,
In te confidentibus,
Sacrum septenarium.

Da virtutis meritum,
Da salutis exitum,
Da perenne gaudium.

Amen. Alleluia.

Viens assouplir notre roideur,
Viens réchauffer notre tiédeur,
Laver notre âme pécheresse.

Viens accorder la piété,
Et les sept dons de ta bonté
Au cœur fervent et plein de zèle.

Tu le soutiens?.... vienne la mort,
Heureux enfin, il trouve au port
Le salut, la vie éternelle.

Ainsi soit-il. Alleluia.

IN DOMINICA ET IN FERIIS PENTECOSTES

HYMNUS

Veni, creator Spiritus,
Mentes tuorum visita;
Imple superna gratia,
Quæ tu creasti, pectora.

Qui diceris Paracletus,
Altissimi donum Dei,
Fons vivus, ignis, charitas,
Et spiritalis unctio.

Tu septiformis munere,
Digitus paternæ dexteræ,
Tu rite promissum Patris,
Sermone ditans guttura.

LE DIMANCHE ET L'OCTAVE DE LA PENTECOTE

————

HYMNE

————

Esprit-Saint, divin Créateur,
Dont nous sommes tous animés,
Venez et remplissez d'ardeur
Les cœurs que vous avez formés.

Doux Consolateur, don des cieux,
Source d'eau vive, feu charmant,
Onction qui tirez les yeux
De la nuit de l'aveuglement.

Vous qui formez sept dons divers,
Doigt qui, dans les cœurs écrivant,
Rendez les ignorants diserts,
Esprit promis du Dieu vivant.

Accende lumen sensibus,
Infunde amorem cordibus,
Infirma nostri corporis
Virtute firmans perpeti.

Hostem repellas longius,
Pacemque dones protinus ;
Ductore sic te prævio ,
Vitemus omne noxium.

Per te sciamus da Patrem,
Noscamus atque Filium,
Teque utriusque Spiritum,
Credamus omni tempore.

Deo Patri sit gloria,
Et Filio, qui a mortuis
Surrexit, ac Paracleto, .
In sæculorum sæcula.

Amen.

Que votre brûlante clarté
Répande en nos âmes le jour ;
Soutenez notre infirmité
Par votre force et votre amour.

Triomphez du monstre infernal,
Daignez nous accorder la paix,
Et pour nous garder de tout mal,
Soyez notre guide à jamais.

Faites-nous connaître un Dieu bon,
Le Père, source de grandeur,
Le Fils, notre douce rançon
Et vous, le feu pur de leur cœur.

Gloire à ce Père souverain,
Gloire à Jésus ressuscité,
Gloire au Consolateur divin,
Dans le temps et l'éternité.

Ainsi soit-il.

IN FESTO SANCTISSIMÆ TRINITATIS

HYMNUS

Jam sol recedit igneus,
Tu lux perennis Unitas,
Nostris, beata Trinitas,
Infunde amorem cordibus.

Te mane laudum carmine,
Te deprecamur vespere;
Digneris ut te supplices
Laudemus inter cœlites.

LE DIMANCHE DE LA SAINTE TRINITÉ

Trinité bienheureuse, Unité souveraine,
    Autour de nous le soir ramène
  L'ombre et l'horreur : quand fuit l'astre du jour,
De vos saintes clartés illuminez nos âmes,
Et que nos cœurs remplis de vos divines flammes
    Soient embrasés de votre amour.

Vous, vers qui chaque jour monte notre prière,
    Quand, le matin, vient la lumière
  Et quand, le soir, renaît l'obscurité :
Puissions-nous, dans les cieux, près des élus, des anges,
Célébrer votre gloire et chanter vos louanges
    Pendant toute l'éternité.

Patri, simulque Filio,
Tibique, Sancte Spiritus,
Sicut fuit, sit jugiter
Sæclum per omne gloria.

Amen.

Seigneur, Dieu tout-puissant, Jésus, son Fils unique,

 Esprit-Saint, Trinité mystique,

 O vous, l'amour et l'effroi des pécheurs ;

Qu'à jamais en tous lieux éclate votre gloire,

Comme de vos bienfaits régnera la mémoire

 Dans tous les temps, dans tous les cœurs.

 Ainsi soit-il.

IN SOLEMNITATE CORPORIS CHRISTI

SEQUENTIA

Lauda, Sion, Salvatorem;
Lauda ducem et pastorem
In hymnis et canticis.

Quantum potes, tantum aude;
Quia major omni laude,
Nec laudare sufficis.

Laudis thema specialis,
Panis vivus et vitalis
Hodie proponitur;

LA FÊTE DU SAINT SACREMENT

PROSE

Sion, que tes enfants célèbrent le Sauveur,
Qu'ils exaltent Jésus, leur chef et leur pasteur,
   Dans leurs hymnes et leurs cantiques.
Va, ne mets point de borne à tes accents pieux :
Pour louer la grandeur du Souverain des cieux,
Tes chants n'auront jamais d'accords trop magnifiques.

Ce qu'il faut, ô Sion, chanter en ce grand jour,
C'est l'ineffable Pain, objet de notre amour,
   Pain vivant, Pain source de vie ;

Quem in sacræ mensa cœnæ
Turbæ fratrum duodenæ
Datum non ambigitur.

Sit laus plena, sit sonora :
Sit jucunda, sit decora
Mentis jubilatio.

Dies enim solemnis agitur,
In qua mensæ prima recolitur
Hujus institutio.

In hac mensa novi Regis,
Novum Pascha novæ legis,
Phase vetus terminat.

Vetustatem novitas,
Umbram fugat veritas,
Noctem lux eliminat.

Pain qui, nous le savons, fut autrefois donné
Aux apôtres du Christ, groupe prédestiné
A répandre partout la Sainte Eucharistie.

Chrétiens, que de vos voix les sons harmonieux
Unissent leurs concerts et portent jusqu'aux cieux
 Notre amour et notre allégresse :
Nous devons célébrer avec ravissement
Le jour où fut créé le divin Sacrement,
Ce gage précieux d'adorable tendresse.

De ce banquet sacré, donné par le Dieu-Roi,
Sortit l'expression de la nouvelle loi,
 La loi de la Pâque éternelle.
Le nouveau rit couvrit l'ancien de sa clarté.
L'ombre s'évanouit devant la vérité;
A la nuit succéda la lumière immortelle.

4.

Quod in cœna Christus gessit,
Faciendum hoc expressit
In sui memoriam.

Docti sacris institutis,
Panem, vinum, in salutis
Consecramus hostiam.

Dogma datur christianis,
Quod in carnem transit panis,
Et vinum in sanguinem.

Quod non capis, quod non vides,
Animosa firmat fides,
Præter rerum ordinem.

Sub diversis speciebus,
Signis tantum, et non rebus,
Latent res eximiæ.

Mystère inauguré par le divin Sauveur,
Nous devons ici bas, chrétiens, en son honneur,
  L'accomplir à la sainte table.
Observant de Jésus ce précepte divin,
Nous faisons chaque jour que le pain et le vin
Deviennent du salut la substance ineffable.

C'est Jésus qui l'a dit; le vin devient son sang,
Le pain devient sa chair. Ce dogme attendrissant,
  Dogme sacré, vérité pure,
Étonne la raison par sa sublimité;
Mais par la foi, chrétiens, il nous est attesté;
Croyons-le, sans égard aux lois de la nature.

Ces signes apparents sont sans réalité,
Mais ils cachent en eux, ô Dieu plein de bonté,
  Les dons qui causent notre ivresse.

Caro cibus, sanguis potus;
Manet tamen Christus totus
Sub utraque specie.

A sumente non concisus,
Non confractus, non divisus,
Integer accipitur.

Sumit unus, sumunt mille :
Quantum isti, tantum ille;
Nec sumptus consumitur.

Sumunt boni, sumunt mali,
Sorte tamen inæquali,
Vitæ vel interitus.

Mors est malis, vita bonis;
Vide paris sumptionis
Quam sit dispar exitus.

Ta chair devient pour nous l'aliment souverain,
Et ton sang immortel un breuvage divin :
Jésus-Christ tout entier se trouve en chaque espèce.

Ces signes, on les rompt sans les modifier.
Celui qui les reçoit, te reçoit tout entier
    Dans la moindre de leurs parcelles :
Que l'on soit un ou mille, à chacun, Dieu puissant,
Ton corps se donne entier; le divin aliment
Peut, sans se consommer, nourrir tous les fidèles.

Au banquet sont admis le bon et le méchant,
Mais que de chacun d'eux le sort est différent !
    Au premier tu donnes la vie,
L'autre y trouve la mort, ô prodige effrayant !
Quels effets variés dans le même aliment !
Que de vertus, mon Dieu, résident dans l'hostie !

Fracto demum Sacramento,
Ne vacilles; sed memento
Tantum esse sub fragmento,
Quantum toto tegitur.

Nulla rei fit scissura;
Signi tantum fit fractura
Qua nec status nec statura
Signati minuitur.

Ecce panis angelorum,
Factus cibus viatorum,
Vere Panis filiorum,
Non mittendus canibus.

Au moment solennel, alors qu'on rompt le Pain,
Soutenu par la foi, reste ferme, ô chrétien !
    Car tu vois dans les Écritures
Que Jésus dans l'hostie, en ses moindres fragments,
Se livre tout entier, lui, ses dons excellents,
    A ses indignes créatures.

Pour nos esprits bornés spectacle merveilleux !
Ce Pain, le Prêtre peut le briser à nos yeux.....
    La substance demeure entière :
Dans le moindre fragment du signe consacré
Se trouve la grandeur et le corps révéré
    Du Dieu Rédempteur de la terre.

Le voilà devenu l'aliment des humains,
Ce Pain miraculeux qui change nos destins,
    Ce Pain, nourriture de l'ange.
Ce Pain qu'en sa bonté Dieu donne à ses enfants,
Pour allumer en nous de pieux sentiments :
    Ne le traînons pas dans la fange.

In figuris præsignatur,
Cum Isaac immolatur;
Agnus Paschæ deputatur,
Datur manna patribus.

Bone Pastor, Panis vere,
Jesu, nostri miserere;
Tu nos pasce, nos tuere;
Tu nos bona fac videre
In terra viventium.

Tu qui cuncta scis et vales,
Qui nos pascis hic mortales;
Tuos ibi commensales,
Cohæredes et sodales
Fac sanctorum civium.

Amen. Alleluia.

Ce divin Sacrement est par l'ancienne loi
Souvent représenté, visible à notre foi,
    Dans les versets des Écritures.
Ainsi l'Agneau pascal, en sacrifice offert,
Le bûcher d'Isaac, la manne du désert,
    En sont les exactes figures.

O toi, le bon Pasteur, le Pain de vérité
Jette sur nous, Jésus, un regard de bonté,
    Sois pour nous l'aliment de vie ;
Prête-nous ton appui, deviens notre soutien ;
Accorde-nous les dons promis au vrai chrétien
    Dans la véritable patrie.

O toi, qui vois, qui sais et qui peux tout, Seigneur,
Qui te fais ici-bas l'aliment du pécheur,
    Qui l'admets à ta sainte table,
Daigne nous recevoir aux cieux, où tes élus
Jouissent à jamais du prix de leurs vertus
    Dans une paix inaltérable.

    Ainsi soit-il. Alleluia

IN SOLEMNITATE CORPORIS CHRISTI

HYMNUS

Pange, lingua, gloriosi
Corporis mysterium,
Sanguinisque pretiosi,
Quem in mundi pretium,
Fructus ventris generosi,
Rex effudit gentium.

LA FÊTE DU SAINT SACREMENT

HYMNE

Chantons l'auguste mystère
Du corps et du sang divin,
Qui fut le prix salutaire
Qu'offrit notre Souverain,
Livrant pour nous à son Père
Le fruit d'un illustre sein.

Nobis datus, nobis natus
Ex intacta Virgine,
Et in mundo conversatus,
Sparso verbi semine,
Sui moras incolatus
Miro clausit ordine.

In supremæ nocte cœnæ
Recumbens cum fratribus,
Observata lege plene,
Cibis in legalibus,
Cibum turbæ duodenæ
Se dat suis manibus.

Verbum caro panem verum
Verbo carnem efficit :
Fitque sanguis Christi merum ;
Et si sensus deficit,
Ad firmandum cor sincerum,
Sola fides sufficit.

Dieu nous le donne en Marie,
Il naît pour combler nos vœux ;
Vivant, sur terre il publie
Les leçons qu'il tient des cieux
Et couronne enfin sa vie
Par un banquet merveilleux.

La nuit où de nos mystères
Il fait un dernier festin,
Selon la loi de nos pères
Qu'il garda jusqu'à la fin,
Comme pain, à ses chers frères
Il se donne de sa main.

Ce Verbe chair change à table
D'un mot le pain en son corps,
Le vin en sang véritable ;
Et malgré les vains efforts
Dont la raison nous accable,
La foi seule nous rend forts.

Tantum ergo Sacramentum
Veneremur cernui;
Et antiquum documentum
Novo cedat ritui :
Præstet fides supplementum
Sensuum defectui.

Genitori, Genitoque
Laus et jubilatio,
Salus, honor, virtus quoque
Sit et benedictio :
Procedenti ab utroque
Compar sit laudatio.

Amen.

Honorons d'un humble hommage
Le plus grand des Sacrements ;
Qu'aujourd'hui l'ancien usage
Cède à ces devoirs présents,
Et que la foi, dans notre âge,
Supplée au défaut des sens.

Au Père qui seul engendre
Un Fils, sa même splendeur,
Au Fils d'un Père si tendre,
A l'Union de leur cœur,
Tâchons sans cesse de rendre
Gloire, amour, louange, honneur.

Ainsi soit-il.

IN SOLEMNITATE CORPORIS CHRISTI

HYMNUS

Sacris solemniis juncta sint gaudia,
Et ex præcordiis sonent præconia :
Recedant vetera, nova sint omnia,
   Corda, voces et opera.

LA FÊTE DU SAINT SACREMENT

HYMNE

Célébrons le Très-Haut par des chants d'allégresse,
Et que nos cœurs émus chantent avec ivresse
    Cette auguste solennité,
Qu'aujourd'hui le vieil homme à jamais disparaisse ;
Œuvre, langage et cœur, que tout en nous renaisse,
    Pour qu'il soit réhabilité.
     6.

Noctis recolitur cœna novissima,
Qua Christus creditur agnum et azyma,
Dedisse fratribus, juxta legitima
    Priscis indulta patribus.

Post Agnum typicum, expletis epulis,
Corpus Dominicum datum discipulis,
Sic totum omnibus, quod totum singulis,
    Ejus fatemur manibus.

Dedit fragilibus Corporis ferculum,
Dedit et tristibus Sanguinis poculum,
Dicens : Accipite quod trado vasculum,
    Omnes ex eo bibite.

Célébrons le Très-Haut ! cette fête rappelle
A tout esprit chrétien, à toute âme fidèle,
    Un bienfait qui n'a pas d'égal :
La nuit où, près des siens, suivant la règle antique,
Notre divin Sauveur dans un repas mystique,
    Vint partager l'agneau pascal.

Et de ses propres mains dans ce repas suprême,
Aux apôtres surpris, il offrit son Corps même :
    Devant cet acte merveilleux
Courbons-nous humblement, dans la sainte croyance
Qu'il leur donnait à tous sa divine substance,
    Et tout entière à chacun d'eux.

Les voyant succomber au poids de leur tristesse,
De sa divine Chair il fait à leur faiblesse
    Un souverain fortifiant.
Ensuite il dit à tous, pour leur rendre courage,
Leur tendant le calice au céleste breuvage :
    Prenez, buvez, voici mon Sang.

Sic sacrificium istud instituit,
Cujus officium committi voluit
Solis Presbyteris, quibus sic congruit
Ut sumant, et dent cæteris.

Panis Angelicus fit panis hominum,
Dat panis cœlicus figuris terminum :
O res mirabilis ! manducat Dominum
Pauper, servus et humilis.

Te, trina Deitas, unaque poscimus,
Sic nos tu visita, sicut te colimus,
Per tuas semitas duc nos quo tendimus,
Ad lucem quam inhabitas.

Amen.

Sublime sacrement, sacrement adorable,
Que créa dans ce jour de clémence ineffable
    Le Dieu qui s'immole pour nous ,
Les prêtres peuvent seuls, au fond du sanctuaire,
Ministres revêtus du sacré caractère,
    L'offrir pour le salut de tous.

O prodige inouï ! Quand de sa créature
Dieu, le Dieu tout-puissant, se fait la nourriture,
    Qu'annonce-t-il à ses enfants ?
Que les temps sont venus où la Foi catholique
Va succéder enfin à la foi symbolique
    Qui gouvernait les anciens temps.

O Souverain du monde, unique en trois Personnes,
Daigne nous visiter : et puisque tu pardonnes
    Aux vrais et fervents repentirs,
Guide nos pas, Seigneur, dans les célestes voies,
Jusques aux cieux, séjour des éternelles joies,
    Unique objet de nos désirs.

    Ainsi soit-il.

IN SOLEMNITATE CORPORIS CHRISTI

HYMNUS.

Verbum supernum prodiens,
Nec Patris linquens dexteram,
Ad opus suum exiens,
Venit ad vitæ vesperam.

LA FÊTE DU SAINT SACREMENT

HYMNE

Du séjour des splendeurs où siége Dieu le Père,
Sans quitter du Très-Haut la droite tutélaire,
    Le Verbe est pour nous descendu.
Son amour à tout prix veut racheter le monde ;
Pour consommer cette œuvre, en souffrances féconde,
    A mourir il est résolu.

In mortem a discipulo,
Suis tradendus æmulis
Prius in vitæ ferculo
Se tradidit discipulis.

Quibus sub bina specie
Carnem dedit et sanguinem ;
Ut duplicis substantiæ
Totum cibaret hominem.

Se nascens dedit socium,
Convescens in edulium ;
Se moriens in pretium,
Se regnans dat in præmium.

Il sait que l'un des siens, par l'or conduit au crime,
N'attend que le moment de l'offrir en victime
 A ses ennemis, à la mort.
Mais prévoyant pour eux des jours de défaillance,
Il veut donner à tous, dans sa propre substance,
 L'aliment, le pain qui rend fort.

Voulant, dans sa bonté, qu'en son double principe
L'homme entier, âme et corps, désormais participe
 A son sacrifice divin;
O chrétien, c'est aussi sous une double espèce
Qu'il présente sa chair, son sang, à ta faiblesse
 Sous forme de pain et de vin.

Jésus est tout pour nous : dans une pauvre étable
Il s'est fait notre frère ; à la divine table
 Du pécheur il est l'aliment ;
Il se fait sa rançon en mourant au Calvaire,
Il est sa récompense au ciel, où, de la terre,
 Il est remonté triomphant.

O salutaris Hostia !
Quæ cœli pandis ostium !
Bella premunt hostilia ;
Da robur, fer auxilium.

Uni Trinoque Domino
Sit sempiterna gloria ,
Qui vitam sine termino
Nobis donet in patria.

Amen.

O gloire à toi, Jésus, adorable victime !
De l'enfer ton martyre a refermé l'abîme,
    Mais le démon veille toujours ;
Sans cesse ses efforts tendent à notre chute ;
Il nous faut, pour sortir vainqueurs de cette lutte,
    Jésus, ta grâce et ton secours.

Seigneur, nous aspirons à la sainte patrie ;
Admets-nous au séjour de l'éternelle vie,
    Ouvre-nous ton céleste sein,
Pour qu'à jamais nos voix, unissant leurs louanges
Aux sublimes accords du grand concert des anges,
    Célèbrent ton nom trois fois saint !

    Ainsi soit-il.

IN SOLEMNITATE CORPORIS CHRISTI

HYMNUS

Adoro te devote, latens Deitas,
Quæ sub his figuris vere latitas.
Tibi se cor meum totum subjicit,
Quia te contemplans totum deficit.

LA FÊTE DU SAINT SACREMENT

HYMNE

O Dieu puissant, vraiment caché sous ces espèces,
Je me jette à vos pieds, dans les saintes ivresses
D'un cœur qui, tout entier, veut se livrer à vous :
J'y vois de vos bontés la grandeur souveraine,
Et sentant mon néant et la faiblesse humaine,
Mon Dieu, je me prosterne humblement à genoux.

Visus, tactus, gustus in te fallitur ;
Sed auditu solo tuto creditur :
Credo quidquid dixit Dei Filius ;
Nil hoc verbo Veritatis verius.

In cruce latebat sola deitas :
At hic latet simul et humanitas ;
Ambo tamen credens atque confitens
Peto quod petivit latro pœnitens.

Plagas, sicut Thomas, non intueor ;
Deum tamen meum te confiteor :
Fac me tibi semper magis credere,
In te spem habere, te diligere.

Sens impuissants ! Le goût, le toucher et la vue
Ici sont abusés ; mais à mon âme émue
L'ouïe, elle, a transmis le dogme de la Foi
Que nous a révélé la parole sacrée
De Jésus, Fils de Dieu, dont la voix révérée
Fait de la vérité parler l'auguste loi.

Votre divinité seule, sur le Calvaire
Se cachait aux regards. Avec elle, ô mystère !
Ici l'humanité se cache également ;
Mais j'y vois fermement votre présence entière.
Ah ! daignez accorder à cette foi sincère
La faveur octroyée au larron repentant.

De votre corps je n'ai pas touché les blessures,
Comme le fit Thomas, par soupçon d'impostures ;
En vous pourtant, Seigneur, je reconnais mon Dieu :
Rendez de jour en jour ma ferveur plus intense,
Que je mette en Jésus toute mon espérance,
Que son divin amour m'embrase de son feu.

O memoriale mortis Domini,
Panis vivus, vitam præstans homini,
Præsta meæ menti de te vivere
Et te illi semper dulce sapere.

Pie pellicane, Jesu, Domine,
Me immundum munda tuo sanguine,
Cujus una stilla salvum facere
Totum quit ab omni mundum scelere.

Jesu, quem velatum nunc aspicio ;
Oro fiat illud quod tam sitio,
Ut, te revelata cernens facie,
Visu sim beatus tuæ gloriæ.

Amen.

O Pain, qui rappelez à notre âme attendrie
La mort de Jésus-Christ ; divine Eucharistie,
Vous qui donnez la force et la vie au pécheur :
Puissé-je désormais, dans ma reconnaissance,
Ne vivre que de vous, ô ma seule espérance !
Et ne trouver qu'en vous la joie et le bonheur.

Jésus, de votre sang qu'une goutte est féconde !
Elle peut effacer tous les péchés du monde ;
Mon Dieu, soyez encor miséricordieux,
Daignez, pour moi, rouvrir un instant vos blessures :
Pour me purifier de toutes mes souillures,
Une goutte, Seigneur, de ce sang précieux ! ! !

O vous, dont la grandeur, ici dissimulée,
Est seule à mon esprit par la Foi révélée,
Accueillez ma prière, ô Dieu plein de bonté,
Ah ! que je puisse, un jour, vous contempler en face,
Dans le séjour de gloire où, dominant l'espace,
Vous planez radieux dans votre majesté.

Ainsi soit-il.

IN SOLEMNITATE CORPORIS CHRISTI

ANTIPHONA

Ave, verum corpus natum
De Maria Virgine :
Vere passum, immolatum
In cruce pro homine :
Cujus latus perforatum
Unda fluxit cum sanguine.

Esto nobis præguslatum
Mortis in examine.
  O Jesu dulcis !
  O Jesu pie !
  O Jesu, Fili Mariæ,
  Tu nobis miserere.

LA FÊTE DU SAINT SACREMENT

Je vois, j'adore en vous, divine Eucharistie,
Le vrai corps de Dieu, né de la Vierge Marie,
    Le Sauveur qui, dans sa bonté,
Mourant sur une croix au milieu des tortures,
Du plus pur de son sang, coulant de ses blessures,
    A racheté l'humanité.

Jésus plein de douceur, Jésus plein de tendresse,
Prenez pitié de nous, voyez notre faiblesse ;
    Exaucez notre vœu fervent
De recevoir en vous, divin Fils de Marie,
Au moment de la mort, le sacré Pain de vie,
    Ce viatique tout-puissant.

IN FESTO OMNIUM SANCTORUM

HYMNUS

Placare, Christe, servulis,
Quibus Patris clementiam
Tuæ ad tribunal gratiæ
Patrona Virgo postulat.

Et vos, beata, per novem
Distincta gyros, agmina,
Antiqua cum præsentibus,
Futura damna pellite.

LE JOUR DE LA TOUSSAINT

HYMNE

Jésus, lorsque la voix si chère
De Marie, aux pieds de ton Père
Intercède pour les pécheurs ;
De notre divine Patronne
Entends la prière, et pardonne
A tes indignes serviteurs.

Et vous, cohortes glorieuses,
Dont les neuf chœurs aux voix pieuses
Du Très-Haut chantent les splendeurs:
Lavez-nous des fautes passées,
Épurez toutes nos pensées,
Que la vertu règne en nos cœurs.

6.

Apostoli cum Vatibus,
Apud severum Judicem
Veris reorum fletibus
Exposcite indulgentiam.

Vos, purpurati Martyres,
Vos, candidati præmio
Confessionis, exsules
Vocate nos in patriam.

Chorea casta Virginum,
Et quos eremus incolas
Transmisit astris, cœlitum
Locate nos in sedibus.

Saints Apôtres et vous Prophètes,
Voyez s'étendre sur nos têtes
Du Seigneur le bras irrité :
Mais grâce à nos larmes sincères,
Écartez ses arrêts sévères,
Apaisez ce Juge irrité.

Vous, de la Foi Martyrs sublimes,
Et vous, Confesseurs magnanimes,
De ce séjour plein de péril
Notre voix s'élance et vous crie :
Ah ! rendez-nous notre patrie !
Arrachez-nous à notre exil !

Vous, habitants de l'empyrée,
Saints et Saintes, troupe sacrée
Des chastes Vierges, que vos voix
Nous fassent obtenir la grâce
Auprès de vous, de trouver place
A la droite du Roi des rois.

Auferte gentem perfidam
Credentium de finibus;
Ut unus omnes unicum
Ovile nos Pastor regat.

Deo Patri sit gloria,
Natoque Patris unico,
Sancto simul Paracleto,
In sempiterna sæcula.

Amen.

Loin de nous la race infidèle,
La tourbe perfide et rebelle,
Loin de nous l'esprit tentateur !
Unis à toi, sainte phalange,
Formons un troupeau sans mélange
Sous la garde du bon Pasteur.

Gloire éternelle à Dieu le Père,
A son Fils, Sauveur de la terre,
A l'Esprit-Saint Consolateur !
Qu'ici-bas toute âme pieuse,
Trinité sainte et glorieuse,
Célèbre à jamais ta grandeur !

Ainsi soit-il.

IN COMMEMORATIONE OMNIUM FIDELIUM

DEFUNCTORUM

SEQUENTIA

Dies iræ, dies illa,
Solvet sæclum in favilla ,
Teste David cum Sibylla.

Quantus tremor est futurus,
Quando Judex est venturus,
Cuncta stricte discussurus !

LE JOUR DES MORTS

PROSE

Jour terrible, jour de colère,
Prédit par la Sibylle et le prophète Roi :
Jour où s'abîmera la terre :
De l'homme quels seront la terreur et l'effroi !
Où cherchera-t-il un refuge,
Quand pour scruter ses actions,
Soudain aux yeux des nations,
Paraîtra le souverain Juge?

Tuba mirum spargens sonum
Per sepulchra regionum,
Coget omnes ante thronum.

Mors stupebit et natura,
Cum resurget creatura,
Judicanti responsura.

Liber scriptus proferetur,
In quo totum continetur,
Unde mundus judicetur.

Judex ergo cum sedebit,
Quidquid latet apparebit,
Nil inultum remanebit.

Quid sum, miser, tum dicturus?
Quem patronum rogaturus?
Cum vix justus sit securus?

Au bruit éclatant des trompettes
Les morts sont arrachés au sommeil du tombeau :
　　Tous quittent leurs sombres retraites,
Et se rendent tremblants à l'appel du Très-Haut.
　　Voyant s'échapper ses victimes,
　　La mort tressaillera d'horreur ;
　　La nature, comme en stupeur,
　　Tremblera jusqu'en ses abîmes.

　　Siégeant au milieu de sa gloire,
Le Seigneur ouvrira le livre redouté
　　Où se conserve la mémoire,
Et du bien, et du mal, faits par l'humanité.
　　A ce moment, plus d'artifice ;
　　Rien de secret, rien de caché ;
　　Aucune faute, aucun péché
　　N'échapperont à sa justice.

　　Que dire alors pour ma défense ?
Misérable pécheur, quel secours implorer,
　　Quand à l'éclat de ta puissance,
Je vois le Juste même, et pâlir, et trembler ?

7

Rex tremendæ majestatis,
Qui salvandos salvas gratis ;
Salva me, fons pietatis.

Recordare, Jesu pie,
Quod sum causa tuæ viæ ;
Ne me perdas illa die.

Quærens me sedisti lassus ;
Redemisti crucem passus :
Tantus labor non sit cassus.

Juste Judex ultionis,
Donum fac remissionis,
Ante diem rationis.

Ingemisco, tanquam reus ;
Culpa rubet vultus meus :
Supplicanti parce, Deus.

Aux élus ta justice accorde
Le bonheur pour l'éternité ;
Daigne sur moi, Dieu de bonté,
Étendre ta miséricorde.

Prenant en pitié ma détresse,
Divin Pasteur, pour moi tu descendis des cieux,
Rien ne rebuta ta tendresse
Pour me faire rentrer dans les sentiers pieux.
Tant de souffrances seront vaines,
Si, comme en mourant sur la croix,
Tu ne viens encore une fois
Me sauver en brisant mes chaînes.

Ô Dieu puissant, dont la justice,
Même quand tu punis, ne frappe qu'à regret,
Sur moi jette un regard propice,
Que ton pardon, Seigneur, précède ton arrêt.
Vois les remords d'un cœur coupable ;
C'est plein de honte et consterné
Qu'à tes pieds je suis prosterné :
Ah ! ne sois pas inexorable.

Qui Mariam absolvisti,
Et latronem exaudisti,
Mihi quoque spem dedisti.

Preces meæ non sunt dignæ :
Sed tu bonus fac benigne,
Ne perenni cremer igne.

Inter oves locum præsta,
Et ab hædis me sequestra,
Statuens in parte dextra,

Confutatis maledictis,
Flammis acribus addictis,
Voca me cum benedictis.

Oro supplex et acclinis,
Cor contritum quasi cinis,
Gere curam mei finis.

Tu pardonnas à Madeleine,
Tu daignas exaucer les vœux du bon larron ;
De ta clémence souveraine,
Je puis donc, moi pécheur, espérer mon pardon.
Seigneur, vois mes transes cruelles ;
Ah ! malgré mon indignité,
Arrache-moi dans ta bonté
Aux feux des flammes éternelles.

Loin du pécheur, loin de l'impie,
Daigne me réunir à tes saintes brebis ;
Sauve-moi de l'ignominie,
Des tourments éternels réservés aux maudits.
Détourne de moi ta colère,
Dieu de clémence, appelle-moi
Dans le séjour où, près de toi,
Siégent les élus de ton Père.

C'est d'une voix pleine de larmes
Et d'un cœur tout brisé, triste jusqu'à la mort,
Que je t'implore en mes alarmes ;
Seigneur, prends en pitié mon misérable sort.

Lacrymosa dies illa,
Qua resurget ex favilla

Judicandus homo reus :
Huic ergo parce, Deus.

Pie Jesu, Domine,
Dona eis requiem.

Amen.

En ce jour, où l'homme coupable
Abandonnera le cercueil
Et viendra, couvert du linceul,
Subir ton arrêt redoutable.

Ecarte de lui ta vengeance,
Mets en ce dernier jour le comble à tes bienfaits ;
Et donne-lui dans ta clémence
Le bonheur des élus et l'éternelle paix.

Ainsi soit-il.

IN DEDICATIONE OMNIUM ECCLESIARUM

HYMNUS

Cœlestis urbs, Jerusalem,
Beata pacis visio,
Quæ celsa de viventibus
Saxis ad astra tolleris,
Sponsæque ritu cingeris
Mille Angelorum millibus.

O sorte nupta prospera,
Dotata Patris gloria,
Respersa Sponsi gratia,
Regina formosissima,
Christo jugata Principi,
Cœli corusca civitas!

LE JOUR DE LA DÉDICACE

HYMNE

Jérusalem, cité divine,
Qui dus ta pieuse origine
Au doux symbole de la paix ;
Jusqu'au ciel, qu'atteignent tes portes,
Des anges les saintes cohortes
T'entourent de leurs rangs épais.

Tu reçus, épouse prospère,
Pour ta dot la gloire du Père,
Avec la grâce de l'Époux ;
Et, de Jésus portant les chaînes,
Tu reflètes, Reine des reines,
Les rayons du ciel jusqu'à nous !
  7.

Hic margaritis emicant
Patentque cunctis ostia ;
Virtute namque prævia,
Mortalis illuc ducitur,
Amore Christi percitus,
Tormenta quisquis sustinet.

Scalpri salubris ictibus,
Et tunsione plurima,
Fabri polita malleo
Hanc saxa molem construunt,
Aptisque juncta nexibus
Locantur in fastigio.

Decus Parenti debitum
Sit usquequaque Altissimo,
Natoque Patris unico.
Et inclyto Paracleto,
Cui laus, potestas, gloria
Æterna sit per sæcula.

Amen.

Ton front brillant de riches pierres,
Ainsi qu'un phare de lumières,
Guide le malheureux pêcheur,
Qui, fort de ses douleurs souffertes
Sous tes portes toujours ouvertes
Trouve un abri consolateur.

L'artisan et ses mains savantes
Ont pu de tes roches vivantes
Modeler les hardis contours ;
Puis, couronnant l'œuvre tentée,
Sur ta muraille cimentée
Poser les dômes et les tours.

Mais les gloires de cette terre
Doivent, avec notre prière,
Remonter au Dieu qui les fit :
Adressons nos fervents hommages,
En tous les lieux, dans tous les âges,
Au Père, au Fils, au Saint-Esprit.

Ainsi soit-il.

IN FESTIS BEATÆ MARIÆ VIRGINIS

HYMNUS

Ave, maris stella,
Dei Mater alma,
Atque semper Virgo,
Felix cœli porta.

Sumens illud Ave
Gabrielis ore,
Funda nos in pace,
Mutans Evæ nomen,

L'ORDINAIRE DE LA VIERGE

HYMNE

Salut à vous, salut, Marie,
Toujours Vierge et Mère bénie
Du Dieu que votre sein conçut !
De la mer étoile chérie,
Porte heureuse du ciel, salut !

Vous, que la sainte voix de l'ange
Jadis salua par ces mots,
Venez nous donner le repos,
Et qu'en votre doux nom se change
Celui d'Ève, auteur de nos maux.

Solve vincla reis,
Profer lumen cœcis,
Mala nostra pelle,
Bona cuncta posce.

Monstra te esse matrem ;
Sumat per te preces
Qui, pro nobis Natus
Tulit esse tuus.

Virgo singularis,
Inter omnes mitis,
Nos culpis solutos ,
Mites fac et castos.

Vitam præsta puram,
Iter para tutum ;
Ut videntes Jesum,
Semper collætemur.

Priez pour nous ; votre prière
Rend à l'aveugle la lumière,
Au coupable la liberté,
Et peut noyer notre misère
Dans des flots de prospérité.

Jésus dans sa souffrance amère
Expira sur le crucifix ;
Par lui nos péchés sont remis :
Montrez que vous êtes sa Mère !
Invoquez-le : c'est votre Fils.

O Vierge, douce et chaste image,
Faites que, par votre bonté,
Lavés de notre iniquité,
Toujours nous gardions en partage
La douceur et la chasteté.

Guidez nos pas dans cette voie
Où tant de piéges sont tendus,
Afin qu'au séjour des élus
Nous goûtions l'éternelle joie
De voir et d'adorer Jésus !

Sit laus Deo Patri,
Summo Christo decus,
Spiritui Sancto,
Tribus honor unus.

Amen.

Louange à la toute-puissance
De Dieu triple en son unité ;
Pour fêter sa divinité,
Qu'un seul et même chant s'élance :
Gloire à la sainte Trinité !

Ainsi soit-il.

ANCIENNE LITURGIE

IN NATIVITATE D. N. JESU CHRISTI

SEQUENTIA

Votis Pater annuit;
Justum pluunt sidera :
Salvatorem genuit
Intacta puerpera ;
Homo Deus nascitur.

Superum concentibus
Panditur mysterium :
Nos, mixti pastoribus
Cingamus praesepium
In quo Christus sternitur.

LE JOUR DE LA NATIVITÉ

PROSE

De notre Créateur la clémence infinie
Vient d'exaucer nos vœux, fléchissons les genoux !!!
Gage sacré pour nous d'une éternelle vie,
Jésus-Christ s'est fait homme et descend parmi nous.

Des anges, des élus, la voix harmonieuse
Vint annoncer au monde un nouveau Rédempteur ;
Augmentant des bergers la cohorte pieuse,
Entourons l'humble crèche où naquit le Sauveur.

Tu lumen de lumine,
Ante solem funderis :
Tu Numen de Numine,
Ab æterno gigneris,
Patri par Progenies.

Tantus es ! et superis,
Quæ te premit charitas !
Sedibus delaberis ;
Ut surgat infirmitas,
Infirmus humi jaces.

Quæ nocens debueram,
Innocens exsequeris ;
Tu legi, quam spreveram,
Legifer subjiceris :
Sic doces justitiam.

Cœlum cui regia,
Stabulum non respuis :
Qui donas imperia,
Servi formam induis ;
Sic teris superbiam.

Eclatante lumière, auguste et noble essence,
Dieu de miséricorde, éternelle clarté,
Égal en tout au Père, en grandeur, en puissance,
Existant comme lui de toute éternité.

Gloire à toi, car pour nous ta charité sublime
Te fit quitter les cieux, les anges et les saints,
Et tu vins sur la terre, innocente victime
Effacer par ton sang les crimes des humains.

Innocent, tu payas la dette du coupable,
Législateur puissant, Homme-Dieu, Roi des rois,
Pour prouver ta justice infinie, immuable,
Tu viens, nouveau sujet, obéir à tes lois.

Dispensateur divin des sceptres, des couronnes,
Pour confondre ici-bas les humains orgueilleux,
De la voûte des cieux, du palais où tu trônes
Tu descends habiter le toit du malheureux.

IN EPIPHANIA DOMINI

SEQUENTIA

Ad Jesum accurrite:
Corda vestra subdite
Regi novo gentium.

Stella foris prædicat,
Intus fides indicat
Redemptorem omnium.

LE JOUR DE L'ÉPIPHANIE

PROSE

Redoublons, ô chrétiens, notre ferveur profonde,
Accourons à Jésus, pleins d'un respect pieux,
La Foi nous dit qu'il est le Rédempteur du monde,
Et son étoile vient l'annoncer dans les cieux.

Nobis ultro similem
Te præbes in omnibus :
Debilibus debilem,
Mortalem mortalibus ;
His trahis nos vinculis.

Cum ægris confunderis,
Morbi labem nesciens ;
Pro peccato pateris,
Peccatum non faciens :
Hoc uno dissimilis.

Summe Pater, Filium
Qui mittis ad hominem,
Gratiæ principium,
Salutis originem,
Da Jesum cognoscere.

Cujus igne cœlitus
Charitas accenditur,
Ades, alme Spiritus,
Qui pro nobis nascitur,
Da Jesum diligere. Amen.

Quand tu pris des humains l'enveloppe grossière,
Pour nous enchaîner tous au pied de ton autel,
Tu fus semblable en tout aux enfants de la terre,
Tu fus faible comme eux, comme eux tu fus mortel.

Généreux Rédempteur, exempt de la souillure
Dont nos cœurs ici-bas sont toujours entachés,
Tu viens t'offrir pour nous, âme sans tache et pure,
A porter le fardeau de nos nombreux péchés.

Dieu puissant, si ton Fils, source de toute grâce,
S'est fait homme et mortel pour fléchir ton courroux,
Que, pour notre salut, sa naissance efficace
Nous sauve des enfers qui nous menaçaient tous.

Et toi, divin Esprit, céleste et sainte flamme,
Source de charité, modèle des vertus,
Descends, descends sur nous, fais naître dans notre âme
Les sentiments d'amour que mérite Jésus.

       Ainsi soit-il.

8

IN EPIPHANIA DOMINI

SEQUENTIA

Ad Jesum accurrite:
Corda vestra subdite
Regi novo gentium.

Stella foris prædicat,
Intus fides indicat
Redemptorem omnium.

LE JOUR DE L'ÉPIPHANIE

PROSE

Redoublons, ô chrétiens, notre ferveur profonde,
Accourons à Jésus, pleins d'un respect pieux,
La Foi nous dit qu'il est le Rédempteur du monde,
Et son étoile vient l'annoncer dans les cieux.

Huc afferte munera
Voluntate libera,
Sed munera cordium.

Hæc erit gratissime
Salvatori victima,
Mentis sacrificium.

Offert aurum charitas,
Et myrrham austeritas,
Et thus desiderium.

Auro Rex agnoscitur,
Homo myrrha colitur,
Thure Deus gentium.

Judæa gaudentibus
Non invide gentibus
Retectum mysterium.

Auprès de son berceau déposons notre offrande,
Offrande d'un cœur pur, fidèle, obéissant,
Car, avant tout, de nous il exige, il demande
Le sacrifice vrai d'un cœur pur et fervent.

Ces vertus qu'aux croyants l'amour divin inspire
S'annoncent toutes trois par des dons différens
La charité par l'or, l'austérité la myrrhe,
La brûlante ferveur des nuages d'encens.

L'or indique le Roi, la myrrhe l'homme même,
L'encens qu'il est le Dieu seul maître des humains :
Que t'importe, Israël, que son vouloir suprême
Ait admis les gentils à ses mystères saints ?

8.

Post custodes ovium,
Se Magi fidelium
Jungunt in consortium.

Qui Judæos advocat,
Christus gentes convocat
In unum tugurium.

Bethleem fit hodie
Totius Ecclesiæ
Nascentis exordium.

Regnet Christus cordibus,
Et, victis rebellibus,
Proferat imperium.

Amen.

Les pâtres, les bergers, les prêtres et les Mages
S'unissent en ce jour pour venir l'adorer ;
Et le Christ souverain, recevant leurs hommages,
Tous au même banquet saura les convoquer.

Bethléem aujourd'hui, de l'Église naissante
Devenu le berceau, rend son nom immortel :
O Christ, fais qu'en nos cœurs ton saint amour augmente
Et donne à tes enfants le bonheur éternel.

Ainsi soit-il.

IN PURIFICATIONE BEATÆ MARIÆ VIRGINIS

SEQUENTIA

Ave, plena gratia
Cujus inter brachia
Se litat Deo Deus.

Fas me templum visere ;
Tibi fas accurrere,
Amor, o Jesu ! meus.

LE JOUR DE LA PURIFICATION

PROSE

Salut à vous, ô Vierge mère,
Car sur vos bras dans ce saint lieu,
Le Fils se consacre à son Père,
  Un Dieu se consacre à Dieu.

Pourrai-je, hélas, faveur insigne,
Dans le temple entrer en ce jour;
Pourrai-je, moi, pécheur indigne,
  Vous voir, Jésus, mon amour!

Est in templo Dominus ;
Angeli stant cominus :
Nil in cœlis amplius.

Habet Deum hominem
Et parentem Virginem,
Cœlo templum ditius.

Spirant sacra gaudium,
Mane sacrificium
Plausus inter redditur.

Vespertinum fletibus
Et amaris questibus
In cruce miscebitur.

Hæc jam est oblatio,
Cujus omnes pretio
Deo restituimur.

Jam non nobis dediti,
Tibi, Deus, subditi,
Vivimus et morimur.

Dans ce temple, le Seigneur trône,
Entouré de l'éclat des cieux ;
Le chœur des anges l'environne,
  L'œil humide et radieux.

Toute cette pompe s'efface,
Là, dans le temple, devant vous,
Vierge mère, pleine de grâce,
  Fils Dieu, fait homme pour nous.

Ce premier sacrifice anime
L'allégresse dans tous les cœurs ;
Mais que plus tard cette victime
  Va faire couler de pleurs !

O Christ, holocauste sublime !
Tu meurs pour nous racheter tous :
Mon Dieu, cette auguste victime,
  Nous fait retourner à vous.

Nunc dimitte famulos :
Nil tenet hic oculos ;
Da te palam cernere.

Si jubes hic vivere,
Da cum Jesu crescere,
Da per hunc resurgere.

Amen.

Qui nous retient sur cette terre ?
Daignez, Seigneur, nous appeler ;
Accordez à notre prière,
   De pouvoir vous contempler.

   Ainsi soit-il.

IN PURIFICATIONE BEATÆ MARIÆ VIRGINIS

HYMNUS

Stupete, gentes: fit Deus hostia,
Se sponte legi Legifer obligat ;
Orbis Redemptor nunc redemptus,
Seque piat sine labe Mater.

LE JOUR DE LA PURIFICATION

HYMNE

Chrétiens, quel prodige en ce jour !
Une Vierge se purifie,
Jésus-Christ devient une hostie :
O divin miracle d'amour !
Le Souverain législateur,
Pour obéir à la loi sainte,
Est présenté dans cette enceinte :
On rachète le Rédempteur !!!

De more matrum, virgo puerpera,
Templo statutos abstinuit dies :
Intrare sanctum quid pavebas,
Facta Dei prius ipsa templum ?

Ara sub una se vovet hostia
Triplex : honorem virgineum immolat
Virgo sacerdos, parva mollis
Membra puer, seniorque vitam.

Eheu ! quot enses transadigent tuum
Pectus ! quot altis nata doloribus,
O Virgo ! quem gestas, cruentam
Imbuet hic sacer Agnus aram.

Aux mères le roi Salomon
A du temple interdit l'entrée,
Elle, la Vierge Immaculée,
S'incline en expiation.
Pourquoi vous bannir du saint lieu,
Pourquoi donc suivre cet exemple,
Pourquoi vous éloigner du temple,
Vous, le temple vivant de Dieu?

Oui, c'est son honneur le plus cher,
Chrétiens, qu'immole ici Marie;
Un vieillard immole sa vie,
Un enfant immole sa chair.
Marie, à tant de coups mortels
Pourrez-vous résister encore?
Cet enfant, que votre âme adore,
Est destiné pour les autels.

Christus futuro, corpus adhuc tener,
Præludit insons victima funeri :
Crescet ; profuso vir cruore,
Omne scelus moriens piabit.

Sit summa Patri, summaque Filio,
Sanctoque compar gloria Flamini :
Sanctæ litemus Trinitati
Perpetuo pia corda cultu.

Amen.

Car par un miracle d'amour,
S'offrant en auguste victime,
Pour nous purifier du crime
Cet enfant doit périr un jour.
Nous vous en prions à genoux,
Trinité, mystère adorable,
Trinité sainte et redoutable,
Bénissez-nous, bénissez-nous.

Ainsi soit-il.

IN VESPERIS DOMINICÆ

HYMNUS

O luce qui mortalibus
Lates inaccessa, Deus,
Præsente quo sancti tremunt,
Nubuntque vultus angeli !

LES DIMANCHES A VÊPRES

HYMNE

Seigneur, dont la face adorable,
Sous la lumière impénétrable,
Se cache aux regards des mortels,
Les saints tremblent en ta présence,
Les anges voilés, en silence
Environnent tes saints autels.

9.

Illic, ceu profunda conditi
Demergimur caligine ;
Æternus ad noctem suo
Fulgore repellet dies.

Hunc nempe nobis præparas,
Nobis reservas hunc diem,
Quem vix adumbrat splendida
Flammantis astri claritas.

Moraris, heu ! nimis diu ;
Moraris, optatus dies,
Ut te fruamur, noxii
Linquenda moles corporis.

Sur cette terre froide et sombre
Ton doigt divin traça dans l'ombre
Notre voyage ténébreux :
Mais un jour ta voix paternelle
Appellera l'âme fidèle
Dans le séjour des bienheureux.

Car c'est pour nous que ta clémence
A préparé ce jour immense,
Ce jour de gloire et de grandeur,
Où de l'astre qui nous éclaire
Nous verrons l'ardente lumière
S'éclipser devant ta splendeur.

Pourquoi cette heure désirée
Hélas ! est-elle différée
Si longtemps au gré de nos vœux ?
Rejetons de ce corps d'argile
La masse grossière et fragile,
Avant que de monter aux cieux.

His cum soluta vinculis,
Mens evolarit, o Deus!
Videre te, laudare te,
Amare te non desinet.

Ad omne nos apta bonum,
Fecunda donis Trinitas:
Fac lucis usuræ brevi
Æterna succedat dies.

Amen.

Libre de sa chaîne mortelle,
Lorsque dans la sphère éternelle
Mon âme aura rejoint ses sœurs ;
Te voir... t'aimer... avec les anges
Chanter sans cesse tes louanges,
Seront ses uniques douceurs.

Trinité, sublime mystère,
Source féconde et salutaire
D'amour, de grâce et de bonté ;
Donne-nous une courte vie,
Et la mort des justes, suivie
Des bienfaits de l'éternité.

Ainsi soit-il.

IN ANNUNTIATIONE BEATÆ MARIÆ VIRGINIS

HYMNUS

Hæc illa solemnis dies,
Dies salutis nuntia,
Qua missa cœlo tristibus
Venere terris gaudia.

Unius omnes crimine,
Casu gravi lapsi sumus ;
Ut ipse lapsos erigat,
Descendit in terras Deus.

LE JOUR DE L'ANNONCIATION

HYMNE

Du ciel la bonté tutélaire
Vient en ce jour nous annoncer la paix.
  L'allégresse sur cette terre,
  Le salut et la foi sincère,
    Vont régner désormais.

  La chute et le péché funeste
D'Ève et d'Adam pesaient encor sur nous,
  Quand Dieu de son trône céleste
  Descend, et la grâce nous reste
    Pour nous relever tous.

Qui Patris æterno sinu
Æterna proles nascitur,
Obnoxius fit tempori,
Sinum nec horret Virginis.

Mortale corpus induit,
Orbi piando victimam ;
Ut innocenti sanguine
Scelus nocentum diluat.

Qui cuncta complet numine,
Nostros se in artus colligit ;
Ut nos reducat ad Deum,
Est ipse nobiscum Deus.

Mundo Redemptor qui venis ;
Fili, tibi laus maxima,
Cum Patre, nec tibi minor
Laus, utriusque Spiritus.

Amen.

Ce Fils aussi grand que son Père,
Et comme lui tout-puissant, éternel,
　Daigne descendre sur la terre,
　Il vient, il choisit une Mère
　　Dans ce jour solennel.

Mortel, il devient la victime
Qui s'offre au ciel pour calmer ses rigueurs,
　Et par un dévoûment sublime
　Son sang vient laver notre crime,
　　A nous, ingrats pécheurs!

Cet esprit de toute-puissance,
Qui remplit tout, Esprit-saint, éternel,
　Assurant notre délivrance,
　Nous rend à Dieu par sa présence,
　　En se faisant mortel.

　　Ainsi soit-il.

IN INVENTIONE SANCTÆ CRUCIS

HYMNUS

Tellus, tot annos quid tegis
Nostræ salutis pignora?
Crux monte toto quæritur,
Ultro tuos pandas sinus.

Quid, dura fossoris manus,
Scrutaris alta viscera?
Celare lignum sit pudor,
Quo nostra surgit gloria.

L'INVENTION DE LA SAINTE CROIX

HYMNE

Pourquoi cacher dans ton sein trop avare
   Le gage de notre bonheur?
Rends ce dépôt, si précieux, si rare,
   Allons, terre, ouvre-nous ton cœur.

A des humains ne cède point la gloire
   De nous rendre le divin bois
Qui sur l'enfer a gagné la victoire,
   Allons, terre, rends-nous la croix.

En illa gemma perdita,
Inventa tot laboribus ;
En qui latebat, erutus
Thesaurus agro prodiit.

Regina quæsitam crucem,
Monstrante Christo, reperit :
Oblita fastus regios,
Sceptro repertam prætulit.

Crux sancta, Christi corporis
Virtus salubrem te facit :
Contingit ut te, mortuus
Vitæ priori redditur.

Da, Christe, nos tecum mori ;
Tecum simul da surgere ;
Terrena da contemnere ;
Amare da cœlestia.

Par le Seigneur une reine conduite
   A trouvé ce précieux bois ;
Puis aussitôt, la sainte femme quitte
   Son sceptre mondain pour la croix.

O croix ! quelle est la puissance sublime
   Que te donna Jésus mourant !
En te touchant un cadavre s'anime,
   Il parle, il agit, il entend.

A ton aspect l'enfer est en alarmes,
   Et les démons te sont soumis ;
Avec ton bois, ton bois pour seules armes,
   Nous vaincrons tous nos ennemis.

Sit laus Patri, laus Filio,
Qui nos, triumphata nece,
Ad astra secum dux vocat :
Compar tibi laus, Spiritus.

Amen.

O Dieu qui nous sauvas par ce mystère,
  Sois béni dans l'éternité,
Soyez bénis, Esprit-saint, Fils et Père,
  Auguste et sainte Trinité.

  Ainsi soit-il.

IN VISITATIONE BEATÆ MARIÆ VIRGINIS

HYMNUS

Quo sanctus ardor te rapit,
O Virgo, flos o virginum?
Quo tendis et cito gradu
Conscendis alta montium?

LE JOUR DE LA VISITATION

HYMNE

Quelle sainte ardeur t'anime,
Vierge, fille de Sion !
Vierge incomparable et sublime ;
O Fleur de virginité,
Ange de maternité,
Source de rédemption !

10

Urget Sacer te Spiritus
Toto repletam numine;
Matris Dei jam dignitas
Nil caritati detrahit.

Tibi propinquam sanguine
Matrem puella visitas,
Concessa cui divinitas
Grataris alvi munera.

Mundo Redemptor qui venis,
Fili, tibi laus maxima
Cum Patre, nec tibi minor
Laus, utriusque Spiritus.

Amen.

La grâce de Dieu t'éclaire,
Vierge, Reine de bonté ;
Et ton titre auguste de Mère,
Loin d'en arrêter le cours,
Vient augmenter tous les jours
Ton ardente charité.

Tu cours, joyeuse et légère,
Près d'Élisabeth ta sœur
Que le ciel aujourd'hui rend mère,
Mère au déclin de ses jours ;
L'ange te prévint, tu cours
Pour partager son bonheur.

Chrétiens, ici rendons gloire
Au Père, au Fils en tout lieu,
A toi louange, honneur et gloire,
Esprit-Saint aux ailes d'or,
Qui dans un sein vierge encor
Vins former la chair d'un Dieu !

Ainsi soit-il.

IN TRANSFIGURATIONE DOMINI NOSTRI

JESU CHRISTI

HYMNUS

Hoc jussa quondam rumpimus,
Festo die silentia :
Celata dudum jam decet
Vulgare nos mysterio.

Montis sub alto vertice,
Tribus vocatis testibus,
O Christe, visus hactenus
Terris homo, pates Deus.

LE JOUR DE LA TRANSFIGURATION

HYMNE

Rompons, il en est temps, mes frères, le silence
    Que le ciel nous avait prescrit :
A la face de tous célébrons l'évidence
    Du mystère de Jésus-Christ.

Trois fidèles témoins le suivent en silence :
    Sur un sommet inhabité :
Là Jésus, dont la terre ignorait la puissance,
    Découvre sa divinité.
       10.

Tuæ latens lucis jubar
Sacros in artus effluit :
Vestis tuo te numine,
Tibique totus redderis.

Cœlo tonante, protinus
Audita summi vox Patris :
Te, nube rupta, Filium
Quo gloriatur, asserit.

Hic est Magister omnium,
Quem pronus orbis audiat :
Silete, mortales ; Deus,
Qui nos docet, fatur Deus.

Qui, nube rupta, te palam
Natum vocavit, laus Patri,
Tibique Nato, nec minor
Laus utriusque Flamini.

Amen.

Le Verbe jusqu'alors de sa gloire suprême
    Nous avait voilé la splendeur :
Il reprend son éclat, il redevient lui-même,
    Et manifeste sa grandeur.

Tout à coup le ciel tonne, et du sein de la nue
    L'Éternel descend en ces lieux :
Voilà mon Fils, dit-il, gloire lui soit rendue,
    Et sur la terre et dans les cieux ,

Gloire au Père annonçant, au milieu d'un nuage,
    La Divinité du Sauveur ;
Gloire au Fils à qui Dieu rendit ce témoignage,
    Gloire à l'Esprit consolateur !

    Ainsi soit-il.

IN FESTO OMNIUM SANCTORU .

SEQUENTIA

Sponsa Christi, quæ per orbem
Militas, Ecclesia,
Prome cantus, et sacratos
Dic triumphos cœlitum.

Hæc dies cunctis dicata,
Mixta cœli gaudiis,
Læta currat et solemni
Personet melodia.

LE JOUR DE LA TOUSSAINT

PROSE

Sainte Épouse du Christ, Église militante,
Qui défends ici-bas les intérêts du ciel,
Célèbre dans tes chants l'Église triomphante,
Exalte des élus le bonheur éternel.

Des cieux dans ce beau jour, partage l'allégresse.
En l'honneur de tes saints il est partout fêté :
Par d'immenses concerts, dans une douce ivresse,
Proclamons sa grandeur et sa solennité.

Laureatum ducit agmen
Juncta Mater Filio ;
Sola quæ partu pudorem
Virgo nunquam perdidit.

Mox sequuntur angelorum
Administri spiritus,
Siderumque Conditori
Mille laudes concinunt.

Ilis Joannes vate major
Præco Christi prævius,
Patriarchæ cum prophetis,
Accinunt dulci melo.

Principes sacri senatus,
Orbis almi judices,
Sedibus celsis sublimes,
Facta pendunt omnium.

Des élus dominant la troupe glorieuse,
A côté de son Fils, règne en sa majesté
La Mère du Sauveur, la Vierge bienheureuse,
Qui seule, en enfantant, garda sa pureté.

Près d'elle en rangs pressés, sont réunis les anges,
Ces ministres zélés que chérit le Seigneur,
Et de leurs mille voix ils chantent les louanges
Du Tout-puissant leur maître et notre créateur.

Patriarches anciens, apôtres et prophètes
Mêlent leurs fiers accents à ce céleste chœur ;
Près d'eux, plus grand qu'eux tous et dépassant leurs têtes,
Apparaît rayonnant saint Jean le Précurseur.

Assis auprès de Dieu sur des trônes sublimes,
Le tribunal sacré des juges souverains,
Pesant sans passion les vertus et les crimes,
Prononce sans appel sur le sort des humains.

Prodigi vitæ, cruore
Purpurati martyres,
Auspicati morte vitam,
Pace gaudent perpeti.

Turba sacra confitentum,
Cum levitis præsules,
Sæculi luxu rejecto,
Perfruuntur gloria.

Pompa nuptialis, Agno
Consecratæ virgines,
Liliis rosisque Sponsum
Æmulantur prosequi.

Omnibus sors hæc beata,
Gloriam Deo dare ;
Et potentem confiteri,
Terque sanctum dicere.

Tout empourprés du sang que prodigua leur zèle,
Les martyrs de la foi, dans un pieux transport,
Savourent le bonheur de la paix éternelle;
Ils ont conquis la vie, en recevant la mort!

Des confesseurs du Christ la cohorte innombrable,
Près des lévites saints, ses pasteurs, ses soutiens,
Doit à son long mépris d'un bonheur périssable
De goûter dans le ciel d'inexprimables biens.

Les vierges qu'à Jésus un mystique hyménée
Enchaîne de liens tout remplis de douceurs,
S'empressent sur ses pas; la troupe fortunée
Répand sur son Époux les parfums et les fleurs.

Adorer le Très-Haut, confesser sa puissance,
Célébrer et sa gloire et son nom trois fois saint,
Dans les cieux à jamais jouir de sa présence,
C'est de tous les élus l'ineffable destin.

Cœlites, o vos beati,
Quos Deus felicitat,
Supplicum votis adest,
Et favete singuli.

Hausta fonte liberali,
Dona terris fundite :
Pace nostris in diebus
Obtinete perfrui.

Ut Deo cum sanctitate
Serviamus subditi,
Gloriæ posthac futuri,
Quam tenetis, compotes.

Amen.

O bienheureux ! au sein du bonheur sans nuages
Qu'au céleste séjour vous donne le Seigneur,
Daignez tous, accueillant nos vœux et nos hommages,
Intercéder pour nous près du divin Sauveur.

Vous, des dons précieux sources inépuisables,
Sur nous, à pleines mains, répandez vos bienfaits ;
A notre triste sort montrez-vous secourables
Et daignez ici-bas nous obtenir la paix :

Afin que servant Dieu, comme il veut qu'on le serve,
D'un cœur rempli d'amour et de fidélité,
Dans vos rangs bienheureux, sa bonté nous réserve
De partager un jour votre félicité !

Ainsi soit-il.

TABLE ALPHABÉTIQUE

—

  * A. L. Ancienne Liturgie.
  ** R. R. Rit Romain.

IMP. W. REMQUET, GOUPY ET Cᵉ, RUE GARANCIÈRE, 5.

IMP. W. REMQUET, GOUPY ET C⁴, RUE GARANCIÈRE, 5.

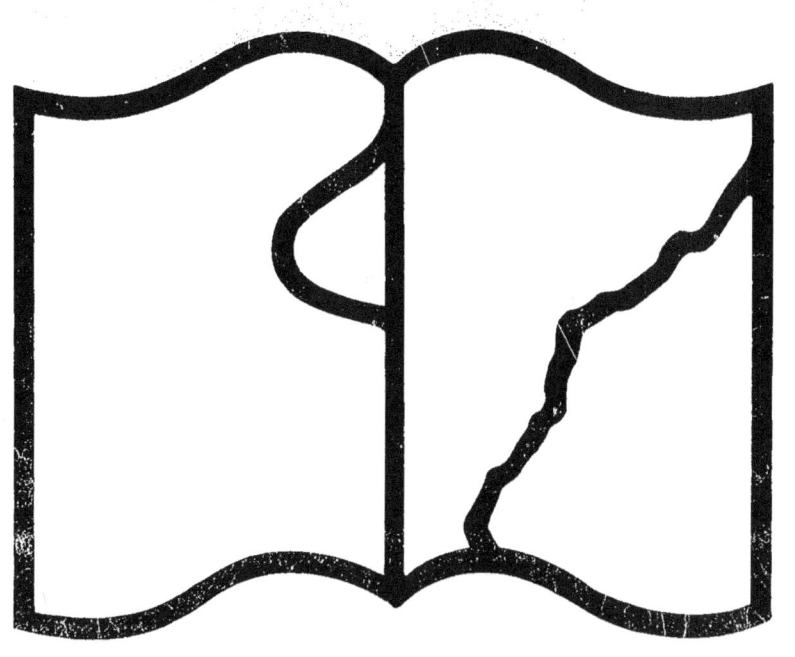

Texte détérioré — reliure défectueuse

NF Z 43-120-11

Contraste insuffisant

NF Z 43-120-14